BANDE JOYEUSE.

CHOIX

De romances nouvelles et chansons nationales.

AVIGNON,
PEYRI, Imprim.-Libraire.

LA

BANDE JOYEUSE.

CHOIX

De romances nouvelles et chansons d'Amour.

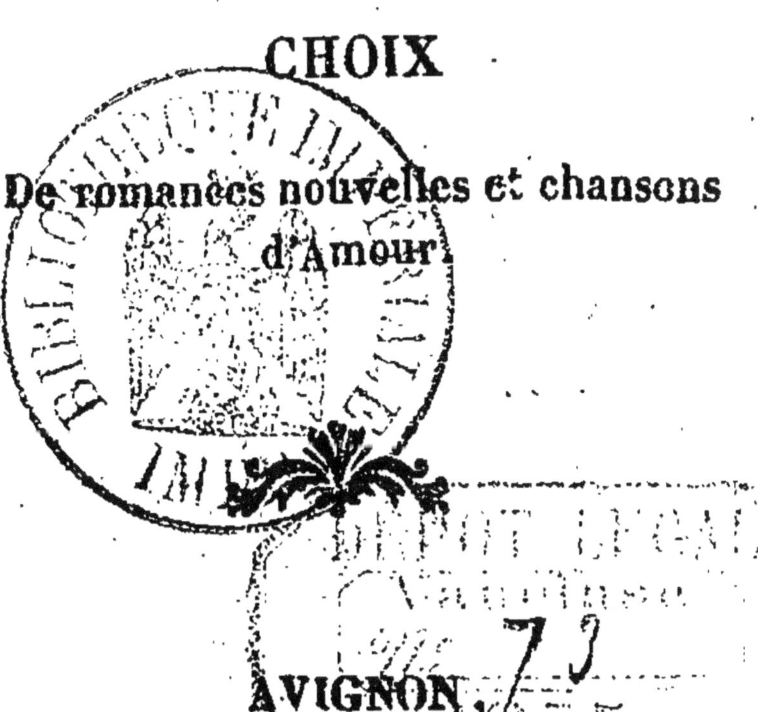

AVIGNON,

PEYRI, Imprimeur-Libraire.

1857.

LES ROSES AU ROSIER.

Enfants la rive est embellie
De lise ronde au bouton d'or,
N'effeuillez pas la fleur jolie
Qui de l'abeille est le trésor.
Ne touchez pas au riche voile, bis.
Que Dieu donne au mois printannier
Laissez au lis leur blanche étoile
Laissez les roses au rosier. bis.

Beau séducteur au doux langage
Qui sème l'or à volonté

Des jeunes filles au village,
Respecte l'humble pauvreté.
N'allez pas en larmes amères bis.
Changer la paix de leur foyer ;
Laissez ces enfants à la mère,
Laissez les roses au rosier. bis.

Roi qui des palmes de la guerre,
Voulez orner vos pavillons,
Laissez pour le bien de la terre
Le laboureur à ses sillons.
N'enlevez pas à leurs amies. bis.
Ces gais pasteurs, ces bateliers,
Laissez vos foudres endormies;
Laissez les roses au rosier. bis.

Oh vous ! dont la triste sentence
Ne vous présage que malheurs,
N'effeuillez plus nos espérances,
Ne fanez plus nos jours en fleurs.
Laissez la brise tutélaire bis.
Parfumer nos rudes sentiers
Passez, passez, rêveurs austères
Laissez les roses au rosier. bis.

L'AMANT MALHEUREUX.

Vous défendez que je vous aime,
Hé bien ! je vous obéirai.
Plus d'amour, plus d'espérance même,
S'il le faut, je m'éloignerai,
Puisque vous oubliez si vite
Tous les serments que j'ai reçus,
Moi, je pleure quand je vous quitte,
Et pourtant je ne vous aime plus.

Malgré les rigueurs qui m'accablent,
Malgré votre foi d'abandon,
Mais quand vous étiez tous coupables,
Moi seul j'obtenais le pardon ;
Mais lorsque vous me fûtes si chère,
Moi seul j'obtenais le refus ;
Mais c'est encore vous que je préfère,
Et pourtant je ne vous aime plus.

Au bal les charmes vous appellent,
On vous attend, allez les charmer,

Un autre amant vous trouvera plus
 belle,
Je le plains s'il doit vous aimer ;
Mais quand je pense à mon amie,
Tous les biens que j'ai perdu ;
Mais pour vous je donnerai ma vie,
Et pourtant je ne vous aime plus.

BONJOUR, BONSOIR.

Je peindrai sans détour
Tout l'emploi de ma vie ;
C'est de dire bonjour
Et bonsoir tour-à-tour.
Bonjour à mon amie
Lorsque je vais la voir ;
Mais au fat qui m'ennuie.
 Bonsoir.

Bonjour, francs troubadours,
Qui chantez la bombance,
La paix et les beaux jours,
Bacchus et les amours,

Qu'un rimeur en démence
Vienne avec vous s'asseoir
Pour chanter la romance,
Bonsoir.

Bonjour mon cher voisin,
Chez vous la soif m'entraîne :
Bonjour si votre vin
Est du Beaune ou du Rhin ;
Mon gosier va sans peine
Lui servir d'entonnoir ;
Mais s'il est de Surenne,
Bonsoir.

Aussi content qu'un roi,
Quand mes vers vous font rire,
Je suis de bonne foi,
C'est un beau jour pour moi.
Si ma muse en délire
A trompé mon espoir,
Je n'ai qu'un mot à dire,
Bonsoir.

LES CARESSES.

Pour ranimer le sentiment,
Rien de plus sûr qu'une caresse;
Douce caresse est un aimant
Pour l'amitié, pour la tendresse,
Dans l'enfance et dans l'âge mûr,
Même jusque dans la vieillesse,
Si le cœur goûte un plaisir pur,
C'est par l'effet d'une caresse.

Les frères caressent leurs sœurs,
La fille caresse sa mère;
Le zéphir caresse les fleurs;
Dorilas caresse Glicère;
On voit les ramiers dans les bois
Se caresser avec ivresse;
Partout l'amour dicte ses lois:
Dans l'univers tout se caresse.

Quelquefois des soupçons jaloux
Troublent la paix d'un bon ménage;

Et l'on voit entre deux époux,
S'élever un sombre nuage ;
L'orage avant la fin du jour
Est dissipé par la tendresse,
Et la colère de l'amour,
S'apaise par une caresse.

Dans nos plaisirs, dans nos amours,
D'Anacréon suivons les traces ;
Comme lui caressons toujours
Bacchus, les Muses et les Grâces.
Du temps qui fuit sachons jouir ;
Bonheur d'aimer passe richesse ;
Jusqu'à notre dernier soupir,
Rendons caresse pour caresse.

JEAN LE PECHEUR.

Jean le pêcheur avait perdu sa femme,
Et c'était là pour lui tous ses parens.
Le pauvre Jean avait l'amour dans l'âme,
Il resta seul, seul avec ses enfans ;

Mais quand viendra le jour, loin du
rivage,
Il veillera sur eux, sur sa maison,
L'aîné de tous, le plus grand, le plus
sage,
Il a sept ans, c'est un petit garçon.

REFRAIN.

Viens, mon petit, soigne tes frères ;
Fais de ton cœur un noble emploi.
Dieu qui voit tout, Dieu le meilleur
des pères bis.
A son tour Dieu prendra soin de toi.

Tous les matins Jean quittait le village,
A la cabane allait sans nul retard ;
Sa pauvre mère ; Heloi fait le ménage,
A déjeuner donne à chacun sa part,
Couvrant des yeux sa petite famille,
Il sait déjà bannir les accidents,
Il berce l'un, baise l'autre et l'habille,
Puis il les gronde de temps en temps.
Viens mon petit, etc.

Frères et sœurs, éprouvez mes tendresses,
A tout propos si bien qu'en s'endormant;
Le plus petit trompé par ses caresses;
Lui dit parfois, merci bonne maman,
Il les menait le dimanche à l'église,
Et Jean le soir, en retournant, trouvait
Enfants sur pieds, du feu, la nappe mise,
Comme du temps que sa femme vivait.
Viens mon petit, etc.

LA PLUIE.

ROMANCE.

Depuis qu'une eau salutaire
Pour nous s'échappe des cieux
D'où vient que ta voix légère
Ne dit plus ses chants joyeux?
D'où vient que sur ton visage
Se montre un cruel chagrin?
Craindrais-tu que sous l'ombrage
L'on ne dansât pas demain?

Songe, ô mon enfant chérie,
Songe en ton cœur attristé,
Que chaque goutte de pluie,
Nous vaut un épi de blé.

A quinze ans aimer la danse
Se conçoit... Mais, doux Jésus !
A quinze ans il faut qu'on pense
A ceux qui ne dansent plus.
L'hiver, quand la grange est vide,
Et la huche sans un pain,
Que dire, à qui l'œil humide,
Vous répète. J'ai bien faim ?
Songe, etc.

Cette nouvelle parure
Que déjà tu préparais,
Eût fait naître le murmure,
Eût excité les caquets ;
Et demain chaque prairie
Montrant sa robe de fleurs,
N'éveillera pas l'envie,
Mais charmera tous les cœurs.
Songe, etc.

Le jeune oiseau qui gazouille
Te fait aussi la leçon :

Vois, si l'onde qui le mouille
Trouble un instant sa chanson ;
En attendant que la terre
Se reflète en un ciel bleu,
Il célèbre à sa manière
La sagesse du bon Dieu.

Songe, ô mon enfant chérie,
Songe en ton cœur attristé,
Que chaque goutte de pluie,
Nous vaut un épi de blé.

MON HIRONDELLE.

Air : *D'où viens-tu, beau nuage.*

Sous la triste froidure
Déjà de la nature
Disparait la verdure,
Des oiseaux les amours.
Mon bonheur est extrême
Quand je vois, bien suprême,
L'hirondelle, que j'aime,
Ramener les beaux jours.

REFRAIN.

Ma petite hirondelle,
Bientôt tu vas partir;
A la saison nouvelle
Tâche, tâche de revenir.

Lorsque vers ma fenêtre
Je te vois apparaître,
Je crains la main du traître
Qui pourrait te saisir.
Mais quand ma voix t'appelle,
Toi, si douce, si belle,
Oh! ne sois pas cruelle,
Viens charmer mon désir.
Ma petite, etc.

Loin de notre chaumière,
Si tu revois mon frère,
Dans les champs de la guerre,
Porte-lui ce papier:
Dis-lui que son amie
Pour lui sans cesse prie:
Qu'un jour de la patrie
Il verra le foyer.
Ma petite, etc.

Sous ton charmant plumage,
Cache ce doux message ;
Au revoir, bon voyage :
Prends bien garde au chasseur.
Ma gentille hirondelle,
De loin mes vœux t'appellent,
Reviens, reviens fidèle,
M'apporter le bonheur.
Ma petite, etc.

LE PÈRE JÉROME.

Rose, gentille ouvrière,
Aimait le beau Lucas,
Mais, hélas !
Jérôme son vieux père,
Détestait sans raison
Ce garçon,
Lucas enrageait,
Rose se désolait,
C'était l' moindre souci
Du vieillard endurci.

Mais Lucas que l'amour presse,
Pour atteindre son but,

Résolut ;
D' poursuivre sa maîtresse
Jusque dans la maison
Du barbon.
Dès lors, notre amant
Guetta le moment
Où, suivant son souhait,
Le vieillard en sortirait.

Ce moment vint, et Rose
Reçut facilement
Le galant,
Mais c' qui gâta la chose,
L' vieux qui r'vint les surprit,
D'un il vit
Lucas plein d'ardeur
D'mandant la faveur
Puis baiser qu'Rose donna,
L' vieillard en frissonna.

N'écoutant qu' la vengeance,
Jérôme prend un bâton
Gros et long.
Et furieux, s'élance
Pour casser les deux bras
A Lucas.
Grâce pour mon amant !

Dit d'un ton mourant
Rose, tombant aux genoux,
Du vieillard en courroux.

Mais Lucas, en homme sage,
Dit pourquoi : tant crier,
Tempêter ?
Est-ce qu'un bon mariage
N' vaudrait pas cent fois mieux
A vos yeux ?
Vieillard croyez-m'en,
Pour vous c'est prudent
D' céder en pareil cas.
L' vieillard en crut Lucas.

Alors le père Jérôme
Embrassa son enfant
Tendrement,
Puis, allant au jeune homme,
Et lui tendant la main,
Dit enfin :
Ma foi t'as bien fait,
Et si ça se pouvait,
J' te l'avoue maintenant,
L' vieillard en ferait autant.

IN VINO VERITAS.

Couplets chantés dans un repas d'amis.

Air : *Ça n' dur'ra pas toujours.*

Nous avons bu la bouteille,
Mangé de tous les plats ;
Pour que l'on se réveille,
Sans faire de fracas,
Amis, chantons tous bas :
In vino veritas. (*ter.*)

Que je vois dans le monde
Et de sots et de fats !
Que notre siècle abonde
D'imbécilles pieds plats !
Amis, chantons tout bas :
In vino veritas. (*ter.*)

Des héros intrépides
Au milieu des combats,
Des Césars, des Alcides ;

Voilà bien nos soldats.
Amis, chantons tous bas :
In vino veritas. (*ter.*)

Réfutant son système,
Disons de Quesnéas,
Qu'il n'est qu'un Nicodême
Que l'on ne comprend pas.
Amis, chantons tous bas :
In vino veritas. (*ter.*)

Disons de la belle Sylvie
Qui fait tant les beaux bras :
Que sa coquetterie
Nuit fort à ses appas.
Amis, chantons tous bas :
In vino veritas. (*ter.*)

Quand l'amitié sincère
Préside à nos ébats ;
Disons qu'on ne peut faire
Un plus charmant repas.
Amis, chantons tout bas :
In vino veritas. (*ter.*)

ELLE ET MOI.

Elle ne peut vivre sans moi,
Je ne saurais vivre sans elle,
Car mon amie est tout pour moi,
Je ne respire que pour elle;
Il n'est pas de plaisir pour moi,
Lorsque je suis éloigné d'elle;
Sa présence fait tout pour moi,
Mon bonheur est d'être près d'elle.

On n'a pas plus d'amour que moi,
On ne l'inspire pas mieux qu'elle;
Si le ciel n'a rien fait pour moi,
La nature a tout fait pour elle:
On en voit beaucoup comme moi,
Mais on en voit bien peu comme elle.
Ce n'est que mon amour pour moi,
Qui peut me rendre digne d'elle.

Si je n'ai que mon cœur pour moi,
Elle a mille vertus pour elle;
Quand les dieux feraient tout pour
moi,

Serais-je jamais digne d'elle ?
Peut-être qu'on attend de moi
Un éloge sincère d'elle :
Le voici : l'art d'aimer c'est moi,
Mais celui de plaire, c'est elle.

LES QUATRE AGES DU COEUR.

Refrain.

C'est l'amour qui dore
Des reflets joyeux
Le cœur tiède encore
Le cœur jeune ou vieux.
Ceux là sont heureux
Qui sont amoureux
Et sous l'œil de Dieu
S'en vont deux par deux.

Petit enfant, j'aimais d'un amour tendre
Ma mère et Dieu, saintes affections,
Puis mon amour aux fleurs se fit entendre,
Comme aux oiseaux et comme aux papillons.

J'aimais la brise aux chants harmonieux,
Le ver luisant, cette étoile de l'herbe,
L'Etoile d'or, ce ver luisant des cieux.
C'est l'amour, etc.

Un peu plus tard, je jurais que ma vie,
Appartiendrait à mon premier amour,
Puis je connus l'amour de la patrie;
Puis dans mon cœur, l'amitié eut son tour.
Plus tard encore, j'aimais toutes les femmes,
Et tous les arts et toutes les grandeurs
J'aurais juré qu'en moi brûlaient dix âmes,
J'aurais juré qu'en moi brûlaient dix cœurs.
C'est l'amour, etc.

Homme à la fin, j'eus cet amour austère,
Sacré pour tous, même aux folles amours,
Que devant Dieu dans un serment sincère,

Avec son nom, l'on donne pour toujours.
Dieu m'envoya des enfants nés pour plaire :
Je les perdis, car l'amour les surprit,
Je les tenais de l'amour de leur mère,
Et puis un jour l'amour me les reprit.
C'est l'amour, etc.

Et maintenant, au bout de ma carrière,
J'adore encore ma femme en cheveux blancs,
Et je revois mes amours de naguère
Dans les enfants de mes petits enfants.
J'aime avec foi la terre d'espérance,
Que Dieu promet au voyageur rendu,
Et plein d'amour pour la nature immense,
Je m'en irai comme je suis venu.

C'est l'amour qui dore
De reflets joyeux,
Mon cœur tiède encore,
Mon cœur jeune et vieux.
Ceux là sont heureux,

Qui croyant aux cieux ;
Encore amoureux,
Y vont deux par deux.

LA BERGÈRE.

Jamais je n'ai vu de bergère
Que dans des livres charmants ;
Serait-ce une chimère
J'en demande au val, aux champs ;
Aux champs l'on m'envoie paître
Et le vallon se tait.
Florian, mon maître,
Une bergère, s'il vous plaît.

Là-bas, sur la fougère,
C'en est une, approchons,
Il pleut, il pleut, bergère,
Ça défrise tes moutons.
Il pleut, me répond-elle,
C'est bien facile à voir ;
Faut faire comme Jean Nivelle,
Il faut laisser pleuvoir.

Dans ta blanche chaumière
Quand l'ouvrage va revenir,

Ta bonne et tendre mère
Devrait te retenir.
Ma mère s'fiche bien qu'on se mouille,
Elle me dit : veux-tu t'en aller ?
Ou j' vais prendre ma quenouille
Pour te faire filer.

Tu dois, ma bergerette,
Quand le printemps renaît
Cueillir la pâquerette,
Et la fleur de bluet.
Pour mes moutons, mes vaches,
Tout ça c'est bon, je vous le dis.
J'aime mieux cueillir des mâches
Ou bien des pissenlits.

Permets qu'à ton corsage
Je place cette fleur des champs,
Sur la tête ce feuillage,
A tes pieds ces rubans.
Monsieur, tout ça m'honore,
Mais, moi, je n'ai que des sabots :
Si vous me touchez encore,
Je vous les casserai sur le dos,

Là-dessus m'éloignant d'elle,
Et me disant en chemin :

Si telle était Estelle,
Qu'était donc Némorin ?
Certaine bête à litière
Qui fait, hi han, hi han,
Peindrait mieux une bergère
Que Monsieur Florian.

CHAUVIN.

Lorsque Chauvin se met à boire,
Il raconte tous ses hauts faits.
Et quand il parle de sa gloire,
De boire il ne cesse jamais.
Près du héros octogénaire,
Les jeunes gens viennent s'asseoir :
Allons, Chauvin, encore un verre !
Ta femme te battra ce soir.

La victoire oubliait nos armes,
Il a bien fallu l'oublier ;
Chauvin a dévoré ses larmes
Sous la blouse de l'ouvrier ;
Mais il est toujours militaire,
Le vin lui rend le souvenir...
Allons, Chauvin, encore un verre !
Et tes beaux jours vont revenir.

Déjà, voyez comme il s'élance
Par sa jeune ardeur emporté;
Il ajoute un r à la France!
Il en met trois à la liberté!
Dans le récit de chaque guerre
Il ajoute un ou deux combats;
Allons, Chauvin, encore un verre!
Dans le nombre on ne le voit pas.

Prenant sa course vagabonde,
Il part avant seize ans entiers,
Pour son voyage autour du monde,
Sans équipage et sans souliers;
Mais après dix ans de misère
Il était nommé caporal.
Allons Chauvin, encore un verre!
Nous te nommerons général!

J'ai vu, dit-il, la République
Ebranlant le vieil univers;
J'ai vu l'Italie et l'Afrique
A travers les monts et les mers.
Et les Pyramides de pierre,
Que de mon nom je décorais.
Allons, Chauvin, encore un verre!
Et tu verras le double après.

J'ai salué dans la campagne
Les nations à leur réveil :
J'ai vu le Rhin et l'Allemagne,
Puis Austerlitz et son soleil,
Puis le Kremlin et sa poussière :
Puis après tant d'exploits.
— Eh bien ! eh bien !
Chauvin, encore un verre,
Et puis tu ne verras plus rien.

Mais comme son être indomptable,
Chauvin est victime du sort.
Chauvin est tombé sous la table
En s'écriant : il n'est pas mort !
Chauvin, restons couchés par terre,
Unis en nous serrant la main.
Allons, Chauvin encore un verre !
Ta femme te battra demain.

LE LEVER DE LA LAITIÈRE.

Mes vaches vachettes,
J'entends dans le lointain,
Le son de vos clochettes,
C'est mon réveil matin.

Tin, tin, tin, tin,
Le son de vos clochettes
Tin, tin, tin, tin,
C'est mon réveil matin,
Le son de vos clochettes
C'est mon réveil matin, tin.

Je vois la blanche étoile
Qui luit à nos carreaux,
Vite un jupon de toile,
Un mouchoir, des sabots.
J'enrage quand j'y pense,
C'est si bon le sommeil;
L'ouvrage ici devance
Le retour du soleil.
Mes vaches vachettes, etc.

Dans cette nuit si sombre
J'ai peur des revenants,
J'entends gémir un ombre,
Eh! non! ce sont les vents.
Mes vaches aux prairies
N'ont pas eu peur des loups;
Leurs cornes aguerries
Les gardent contre tous.
Mes vaches vachettes, etc.

Je casse une ramée,
Et je cours les chercher,
La terre est embaumée ;
Comme il fait bon marcher.
L'aurore est déjà belle
La rosée est un bain,
Déjà Sylvain m'appelle ;
Que j'aime le matin,
Mes vaches vachettes, etc.

L'ABSENCE D'UN HÉROS.

Air de l'Ouvrier.

Il est bien loin sur la terre étrangère,
L'être chéri qui possède mon cœur ;
Moi, pauvre enfant, innocente bergère,
'aime un héros, j'admire sa valeur :
Un noble espoir me dit bonne espé-
rance ;
Pour l'avenir que le temps apprendra.
Il est parti pour l'honneur de la France;
Couvert de gloire, un jour il reviendra.

Combien de fois, sous la verte charmille,
Il m'a redit : ma Lisette, crois-moi ;
L'on sera fier un jour dans ma famille,
De posséder un ange comme toi ;
Ce souvenir apaise ma souffrance
A son retour, je crois, Dieu le voudra.
Il est parti, etc.

Pour consoler sa bonne et tendre mère,
Chaque matin j'assiste à son réveil ;
Son tendre cœur brisé d'une chimère
S'épanouit à la fin du sommeil ;
En m'embrassant, elle dit patience,
A son retour mon fils t'appartiendra.
Il est parti, etc.

J'ai vu des pleurs dans les yeux de son père :
Il se disait : Aurai-je le bonheur
De le presser, à la fin de la guerre,
Entre mes bras, sa tête sur mon cœur ;
De ses exploits, j'en donne l'assurance,
J'en serai fier, car Dieu le bénira.
Il est parti, etc.

LE BATON DE VIEILLESSE.

Une pauvre femme passait
Un soir au milieu d'un village,
Et comme elle était d'un grand âge,
Sur un gros bâton s'appuyait
Près de là jouaient des enfans
Que trop souvent malice inspire ;
L'un d'eux pour rire à ses dépens,
A la bonne femme vint dire :
Vous ne tomberez pas, oui dà,
Quel beau bâton pour la vieillesse,
J'en voudrais un de cette espèce,
Où trouve-t-on ces bâtons là.

On ne les prend pas à plaisir,
Leur dit la vieille sans colère
Fasse le ciel que votre mère
N'ait pas un jour à s'en servir.
Aimant à former votre cœur,
Enfants, lorsqu'elle vous demande
En retour tendresse et bonheur,
C'est afin que Dieu vous le rende.

Elle espère et se dit : voilà
De quoi soulager ma vieillesse,
Car votre bras, chère jeunesse,
Est plus doux que ces bâtons là.

Moi, je comptais sur un meilleur,
Ajoute en pleurs la pauvre femme,
J'avais un fils, une bonne ame,
C'était le plus cher à mon cœur.
Mais hélas ! la guerre le prit !
Reviendra-t-il, qui peut le dire !
J'attends toujours, et n'ai depuis
Que ce bâton qui vous fait rire.
Le pauvre enfant me disait : ça,
Je suis ton bâton de vieillesse,
Il était bon, car c'est l'espèce
Qui produit ces bâtons là.

Pauvre mère, consolez-vous !
Jetez cette branche importune,
Reprit l'enfant et sans rancune,
Allons ! appuyez-vous sur nous.
Chacun de nous veut devenir
Un jour le soutien de sa mère ;
Laissez-nous donc vous en servir

Jusqu'à la fin de la guerre.
Mais, quand votre fils reviendra,
Vous le comblerez de caresses,
Dont votre cœur se souviendra.

LES FRAISES.

Ah ! qu'il fait donc bon, qu'il fait donc bon
Cueillir la fraise,
Au bois de Bagneux,
Quand on est deux, quand on est deux.
Mais quand on est trois, quand on est trois
Mam'zelle Thérèse,
C'est bien ennuyeux
Il vaut bien mieux
N'être que deux.
Ah ! qu'il fait donc bon, qu'il fait donc bon
Cueillir la fraise
Au bois de Bagneux,
Quand on est deux, quand on est deux.

Ah ! mam'zell' mam'zell' si vous vouliez m'entendre,
Sans vous offenser
Vous m' laisseriez prendre un baiser !
— Pas d' ça, monsieur Blaise
Ou, vrai comm' je m'appell' Thérèse,
J' vous dévisagerais
Et ça nuirait à vos attraits.
Ah ! qu'il fait donc bon, etc.

Ah mam'zell', mam'zell' comment vous rendre moins sévère ?
J'ai des procédés ;
Que faut-il faire répondez !
— Parlez à ma mère,
Et menez-moi chez le notaire !
Un bon conjungo
Puis nous chanterons en duo :
Ah ! — Ah qu'il fait donc bon, etc.

Plus d'ambition, mais si je me trompe il en reste une :
Dans ce p'tit logis,
J' voudrais recevoir beaucoup d'amis,
Pour moi quel plaisir, pour moi quelle

bonne fortune,
Si je leur plaisais,
Par mon zèle et par mes couplets;
Oui chaque soir j' leur offrirais
Mes fruits, mes fleurs et mes couplets.
Ah! — Ah qu'il fait donc bon, etc.

L'HYMNE AU TRAVAIL.

Quand Dieu, dans sa bonté suprême,
Forma l'univers de sa main,
Du travail il voulut lui-même
Donner l'exemple au genre humain.
Instruit par cet auguste emblême,
Chaque jour disons ce refrain :
C'est le travail
Qui créa le monde,
C'est le travail
Qui partout féconde;
Gloire et bonheur
Au travailleur.

Le palais comme la chaumière
Sort de la main de l'ouvrier;

Il fait de la sombre carrière
Jaillir le monument altier :
Par lui la terre tout entière
Est un vaste et noble atelier.
C'est le travail, etc.

Si les ennemis de la France
Osaient franchir son noble seuil,
Nos bras armés pour sa défense
Sauraient écraser leur orgueil.
S'il fallait que leur insolence
Dans nos champs trouvât son cercueil,
Au premier cri de la France en alarme
Un autre cri répondrait : aux armes !
Gloire et bonheur au travailleur.

LA JEUNE FILLE A L'EVENTAIL.

Sur le Prado, près de la grille,
J'ai ramassé, charmant trésor,
Un éventail de jeune fille,
En bel ivoire et garni d'or.
La sénora qui le réclame,
A les yeux noirs, les dents d'émail;

Pour l'obliger, je rendrais l'âme;
Mais j'ai gardé son éventail...
Pour être heureux, garçons et filles,
Gardez longtemps, gardez toujours,
Sous vos manteaux, sous vos mantilles,
Le doux secret de vos amours !

L'autre matin, j'entre à l'église,
En pénétrant sous le portail,
Je reconnus, belle en sa mise,
La jeune fille à l'éventail;
Je la suivis dans la chapelle,
Je la suivis tremblant d'émoi;
Je sais comment elle s'appelle;
Mais j'ai gardé son nom pour moi.
Pour être heureux, etc.

Elle est partie... est-ce dommage !
Elle est déjà sous d'autres cieux;
Son éventail et son image
Plus que jamais charment mes yeux.
En nous quittant, loin de la ville,
Ce que m'a dit la sénora,
Moi seul le sais, gens de Séville,
Et nul de vous ne le saura.
Pour être heureux, etc.

MON AME A DIEU.

La voile est à la grande hunne,
Disait un breton à genoux,
Je pars pour chercher la fortune
Qui ne veut pas venir à nous.
Je reviendrai bientôt, j'espère,
Sèche tes yeux, prie, attends-moi,
En te quittant, ma bonne mère,
Mon ame à Dieu, mon cœur à toi.

Pour rendre le sort favorable,
Chantaient les marins à loisir :
Il faut vendre son âme au diable,
Et donner son cœur au plaisir.
Mais lui songeant à sa chaumière,
Plein de tendresse et plein de foi,
Il répétait : ma bonne mère,
Mon ame à Dieu, mon cœur à toi.

Errant de rivage en rivage,
Enfin il amasse un trésor,
Et puis il retourne au village,

C'est pour sa mère, tout son or.
Mais il lit ces mots sur la pierre
Je pars aussi, mon fils, plains-moi,
Mais dans le ciel comme sur terre,
Mon âme à Dieu, mon cœur à toi.

PRENONS LE TEMPS COMME IL VIENT.

Air : *Plus on est de fous.*

Sans chagrin je passe ma vie,
Je bois en chantant tour à tour
La beauté, l'aimable folie,
Le joyeux Silène et l'Amour.
Mes amis, versez l'ambroisie,
Sans vous embarrasser de rien;
Suivez le chemin de la vie,
Et prenez le temps (*b.*) comme il vient.

CHOEUR.

Mes amis, versons l'ambroisie,
Sans nous embarrasser de rien;
Suivons le chemin de la vie,
Et prenons le temps (*b.*) comme il vient.

J'ai pour toute philosophie,
De boire en narguant les propos,
Et de caresser mon amie,
Entre les verres et les pots;
Oh! quand dans mes veines circule,
Près d'elle la douce liqueur,
Jamais, jamais je ne recule,
Je sens redoubler (*bis*) ma vigueur.
Mes amis, versons, etc.

Ici-bas que chacun me blâme
D'être joyeux et sans souci;
J'aime le vin, j'aime ma femme,
Et je suis heureux, Dieu merci!
Quand nous serons dans l'autre monde,
Si nous nous revoyons un jour,
Nous chanterons tous à la ronde:
Vive le bon vin (*bis*) et l'amour.
Mes amis, versons, etc.

Anacréon chantait les belles,
En vidant le flacon divin;
Il rajeunissait auprès d'elles,
Sitôt qu'il buvait de bon vin:
Comme lui prenons donc nos verres,

Et buvons tous jusqu'à demain,
A la santé de nos bergères,
Et puis répétons (*bis*) ce refrain :

Mes amis, versons l'ambroisie,
Sans nous embarrasser de rien ;
Suivons le chemin de la vie,
Et prenons le temps (*b.*) comme il vient.

LA CAPRICIEUSE.

Il faut partir, quitter ma belle France,
Pour visiter de sauvages pays,
Mais en partant conservons l'espérance
De retrouver au retour nos amis.
Notre campagne est longue et périlleuse,
Mais rien n'effraie le cœur de nos marins,
Va de l'avant, ma belle capricieuse,
La mer est calme et le temps est serein,

Que j'aime à voir ton allure coquette,
Lorsque la brise gonfle tes huniers,

Et que bercée sur tes larges bonnettes,
Tu fends la mer et la fais écumer.
Mias dans le calme, lente et paresseuse,
Sur l'Océan quand tu sembles bercée,
Va de l'avant, ma belle Capricieuse,
La brise est fraîche et la terre éloignée.

Le temps est noir et la brise augmente,
La mer grossit et l'orage éclate enfin,
Mon beau navire tu braves la tourmente,
Et tu fais l'orgueil de tes braves marins.
Mais c'est en vain que la mer furieuse,
Gronde et bondit sous ta quille élancée,
Laisse courir, ma belle Capricieuse,
Sous la trinquette à la cape forcée.

Que j'aime, dans mes rêves de gloire,
A voir dans un jour de combat,
Ta blanche batterie et ta coque noire,
Sillonnant au sanglant branle-bas ;
Mais devant le feu, terrible et glorieuse,
Fais sans relâche résonner ton canon,
A l'ennemi ma belle Capricieuse,
Fera toujours amener pavillon.

Noble corvette pour nous c'est la patrie,
Son pavillon fait notre bonheur à tous;
Oh ! oui, pour elle nous donnerons la
vie,
Et nous saurons la faire respecter de
tous.
Mais vers la France, vers cette terre
heureuse,
O ma corvette, revenons-nous bientôt,
Tu accompliras, ma belle Capricieuse,
Le vœu bien cher à tous tes matelots.

LE PIONNIER.

Vous l'entendez, le matin, à cinq
heures,
Frapper des coups pour notre branle-
bas ;
La fosse s'ouvre dans notre demeure
En attendant le bruit du cadenas.

REFRAIN.

Dans ces bateaux, l'on vit, dans l'espérance

De retourner un jour dans ses foyers
Nous y sommes par désobéissance,
Mais non pas pour une éternité.

Dans un instant, on crie au fourbissage,
Nous courons tous pour éviter le clou:
Je vous l'assure, c'est un mauvais ouvrage.
Fait par nos mains brillant comme un bijou.
Dans ces bateaux, etc.

Dix heures sonnent, l'on crie: En haut le monde,
L'on nous compte comme de vrais moutons,
En nous fouillant, l'on nous passe la sonde
Mais nous savons leur montrer le talon.
Dans ces bateaux, etc.

Dans ces travaux mille fois détestables
L'un prend la pelle et l'autre prend la pioche;

Nous travaillons comme des misérables,
Dans ces brouettes, c'est lourd comme une roche.
Dans les bateaux, etc.

Moi, pionnier, je fais la chansonnette,
Et j'ai juré de ne plus revenir.
Vérifiez, je la trouve bien faite
J'en garderai toujours le souvenir.
Dans les bateaux, etc.

Allons, amis, chantons avec courage
Notre position n'est pas un déshonneur,
Nous briserons les fers de l'esclavage,
En répétant que nous avons du cœur.
Dans le bateau, etc.

IL FAUT QUE CHACUN VIVE.

Céline avait un si bon cœur,
Que, chaque jour, dans le village
Elle implorait tout maraudeur,

Guettant le nid sous le feuillage,
Oh ! disait-elle à leur buisson,
Laissez leurs voies et leurs chansons.
Il faut que chacun vive,
C'est la loi positive.
Il faut que chacun vive,
En tout temps en tout lieu;
Il faut que chacun vive,
C'est la loi du bon Dieu.

Sitôt qu'un pauvre, à ses regards,
S'offrait timide et sans ressource,
La belle-enfant faisait deux parts
Du peu qu'elle avait dans sa bourse.
Prenez, soupirez sans pitié,
Tant qu'au restant, c'est la moitié.
Il faut que chacun, etc.

Aussi chacun l'aime, ma foi !
Si bien que Pierre osa lui dire :
Oui ! soit ma femme, ou devant toi,
De mon amour ici j'expire.
Sur quoi Céline l'écoutant,
Reprit encore en acceptant.
Il faut que chacun, etc.

LE CORBILLARD.

CHANSONNETTE.

Air *du pas redoublé de l'infanterie.*

Que j'aime à voir un *corbillard !*
Ce début vous étonne ?
Mais, il faut partir, tôt ou tard,
Le sort ainsi l'ordonne ;
Et, loin de craindre l'avenir,
Moi, dans cette aventure,
Je n'aperçois que le plaisir
De partir *en voiture.*

En voiture, nos bons aïeux
Se plaisaient ; mais du reste,
Chez eux, quand on fermait les yeux,
On était plus modeste.
Nous n'avons pas, vous le voyez,
Leur ton, ni leur allure ;
Nous mettons les vivans à pieds,
Et les morts *en voiture.*

Le riche, en mourant, perd son bien;
Moi, je vois tout en rose :
Je n'ai rien, je ne perdrai rien,
C'est toujours quelque chose ;
Je me dirai : D'un parvenu
Je n'ai pas la tournure ;
Pourtant, à pied je suis venu,
Et je pars *en voiture*.

De ces riches, qu'on trouve heureux,
Quel est donc l'avantage?
Ils font, par des valets nombreux,
Suivre leur équipage.
Ce luxe ne m'est point permis,
Ma richesse est plus sûre ;
Un jour, on verra mes amis
Derrière *ma voiture*.

A mon départ, en vérité,
Je songe, sans murmure,
Pourvu que, longtemps, la gaîté
Remise ma voiture.
O gaîté ! lorsque tu fuiras,
Invoquant la nature,
Je dirai : Fais, quand tu voudras,
Avancer *ma voiture !*

LE SOLEIL ET LA LUNE.

CHANSON.

Air : *Comme j'aime mon Hypolite.*

Du Parnasse, il faut m'élancer,
Je suis las d'aller terre à terre ;
Bien loin de moi, je veux laisser
Corneille, Racine et Voltaire.
Oui, dans mon vol audacieux,
Je sors de la foule commune,
Et je vais, jusque dans les cieux,
Chanter le *Soleil et la Lune.*

Avant d'allumer des tisons,
Avant de loger dans des villes,
Contre la rigueur des saisons,
L'homme n'avait-il point d'asiles ?
Du chien, du loup, prenant conseil,
Comme il partageait leur fortune,
L'homme se chauffait au *Soleil*,
Se rafraîchissait à la *Lune.*

Le buveur, dès que le jour luit,
Voit le Soleil dorer sa vigne ;
Le rimeur, dès que vient la nuit,
Polit ses vers et les aligne :
Si le raisin devient vermeil,
Si les rimes font fortune,
On doit les bons vins au *Soleil*,
On doit les bons vers à la *Lune*.

Vous admirez, faibles humains,
Vos beaux-arts et vos grands ouvrages:
Mais les chefs-d'œuvres de vos mains
Du temps bravent-ils les outrages?
Je me ris d'un orgueil pareil ;
J'ai cent raisons... je n'en dis qu'une :
Vous n'avez pas fait le *Soleil !*
Et vous n'avez pas fait la *Lune !*

On se fatigue, en parcourant
Les trésors de l'architecture,
On se fatigue, en admirant
Les prodiges de la peinture ;
Mais, loin de redouter l'ennui,
Moi, je bénirai ma fortune,
Si, dans cent ans, comme aujourd'hui,
Je vois le *Soleil et la Lune*.

L'ORPHELINE DU HAMEAU.

Rien ne m'appartient sur la terre ;
Je n'ai pas même de berceau
L'on m'a trouvée sur une pierre,
Près de l'église du hameau.
Du sein maternel repoussée
Je comptais déjà seize printemps.
Reviens, ma mère, je t'attends
Sur la pierre où tu m'as laissée.

Mais pourquoi n'ai-je plus de mère?
Au sein des arbustes fleuris,
Je vois la fauvette légère,
Son aile couvre ses petits.
Mais moi qui me vois délaissée,
Je gémis, ah ! quand je l'entends.
Reviens ma mère, je t'attends.
Sur la pierre où tu m'as laissée.

Souvent je contemple la pierre
Où commencèrent mes douleurs ;
En m'y posant, ma pauvre mère

A dû me baigner de ses pleurs.
Sur ton sein que je sois pressée ;
Oh ! toi que cause mes tourments.
Reviens, ma mère, je t'attends
Sur la pierre où tu m'as laissée.

SCÉLÉRAT D'AMOUR

OU AVANT ET APRÈS LA NOCE.

Air : *Marie-toi donc.*

Scélérat d'amour !... on peut dire
Qu'il nous fait de bien vilains traits !
Pour nous charmer, pour nous séduire
On tend tout avant... mais après ! b.
Bien vite l'on change de gamme
Et tout ce beau feu tombe à plat ;
L'amour tyrannise la femme :
Quel scélérat ! (4 fois.)

Avant que la noce se fasse
Il faut voir comme ils sont galants !
Ils vous cajolent... le temps passe

En promesses, en compliments. b.
Mais après que la noce est faite,
L'on s'aime comme chien et chat.
L'amour ! quelle méchante bête !
Quel scélérat ! (4 fois.)

Avant la noce, c'est friandises,
Rubans, bouquets, et cœtera !
Vous n'êtes jamais trop bien mises ;
Hélas ! après ce n'est plus ça. bis.
La cuisine devient bien maigre
Et l'on met les pieds dans le plat !
Le miel d'amour devient vinaigre :
Quel scélérat ! (4 fois.)

Lorsque l'on est encore fille,
On vous nomme mon petit chou,
Vous êtes l'étoile qui brille,
Un seul de vos regards rend fou. b.
Mais l'étoile bien vite file,
L'hymen lui ravit son éclat ;
L'amour est un vrai crocodile :
Quel scélérat ! (4 fois.)

Avant la noce, c'est tout rose,

Ça change, après, du rose au noir !
On travaille et monsieur s' repose
Depuis le matin jusqu'au soir. bis.
Il faut se taire, ou bien une tape
Sert d' conclusion au débat :
Ah ! comme l'amour nous attrape !
Quel scélérat ! (4 fois.)

LES COEURS D'OR

OU LE BON COEUR DE L'OUVRIER.

Air : *Du Retour des Chansons.*

Plus matinal que l'aurore vermeille,
Pour le travail il quitte son logis,
Il part sans bruit, car sa mère sommeille
Tout en faisant des rêves pour son fils.
—Mon Dieu, dit-il, écoutez ma prière,
Et prolongez ses jours longtemps encor ! »
Jean est l'amour et l'orgueil de sa mère,

Pauvre ouvrier, son cœur est un cœur d'or.

De ses outils il charge son épaule,
Vers l'atelier, d'un pas leste il se rend;
Sa tâche est rude, et pourtant l'heure vole :
C'est que toujours il travaille en chantant.
Ah ! s'il pouvait voir grossir son salaire !
C'est pour sa mère... il redouble d'effort !
Jean est l'amour et l'orgueil de sa mère,
Pauvre ouvrier, son cœur est un cœur d'or !

Déjà la nuit remplace la lumière,
Pour le repos c'est le signal si doux !
Jean, où court-il l'allure si légère,
S'agirait-il d'un galant rendez-vous ?
N'en croyez rien : son seul bonheur sur terre
C'est de pouvoir adoucir votre sort ;

Réjouissez-vous, ô bonne vieille mère,
De votre fils le cœur est un cœur d'or!

Jean n'écoutant que son âme si bonne
Donne toujours à plus pauvre que lui:
C'est pour sa mère encor qu'il fait
l'aumône,
Afin que Dieu lui garde son appui!
Un tel bienfait doit rester un mystère;
Mais demain Jean travaillera plus fort:
Jean est l'amour est l'orgueil de sa mère,
Pauvre ouvrier, son cœur est un cœur
d'or!

Si Jean un jour doit entrer en ménage,
Il deviendra le meilleur des époux;
Si sa compagne est vertueuse et sage,
De la chérir son cœur sera jaloux.
Pour son bonheur faisons un vœu sincère;
Hymen heureux, est-il un plus doux
port!
Oui Dieu bénit un fils aimant sa mère;
Pauvre ouvrier, garde bien ton cœur
d'or!

LES GAIS BUVEURS.

Amis, pour bien passer la vie,
De Bacchus suivons les leçons :
Bon vin chasse mélancolie,
Parfois il trouble la raison.
La gaîté surpasse l'ivresse,
Excite à de joyeux refrains ;
Allons, amis, buvons sans cesse,
Buvons, chantons jusqu'à demain.
Tra, la, la, la, la, la.

J'admire encor cette bouteille
Dont la liqueur brille à nos yeux ;
Partout elle cause merveille,
Avec elle je suis joyeux.
Dans mon verre quand l' vin pétille,
Je sens renaître mon ardeur,
Quand je suis près de jeune fille,
Je bois, je chante de bon cœur.
Tra, la, la, etc.

Et quoi ! l'on parle d'abstinence,
Je ne saurais m'y résigner.

Le ciel nous offre l'abondance ;
Sachons, du moins, en profiter.
Pour moi la fillette a des charmes ;
Mais encor plus, le jus divin ;
L'un souvent nous cause des larmes,
Et l'autre chasse le chagrin.
Tra la, la, etc.

UN SEUL AMOUR,

OU L'ORPHELINE DÉLAISSÉE.

Pauvre orpheline, errante sur la terre,
Un seul amour avait rempli mon cœur,
Mais le destin, par un ordre sévère,
Vint m'enlever ce rayon de bonheur.
Ah ! sans espoir il faut que je succombe
Loin de l'ingrat que tendrement j'aimais,
Son souvenir me suivra dans la tombe,
Car mon amour ne tarira jamais.

A mon chevet ce bouquet qui se fane
Est le dernier gage de ses amours ;

Ah ! pourquoi donc, de sa bouche profane,
Sortir ce mot : je t'aimerai toujours.
Comme une fleur, hélas ! s'effeuille et tombe,
Crédule enfant pour celui que j'aimais,
Je vais bientôt descendre dans la tombe,
Mais mon amour ne tarira jamais.

Ciel ! il me voit, cachons lui, mes alarmes,
Car loin de moi peut-être il en rirait,
C'est déjà trop d'avoir flétri mes charmes
Par un dédain que mon cœur ignorait.
Dérobons-lui cette larme qui tombe,
Au souvenir d'un ingrat que j'aimais,
Je vais bientôt descendre dans la tombe,
Mais mon amour ne tarira jamais.

Rêve doré de ma folle jeunesse,
Que je prenais pour la réalité,

Et qu'en mon cœur malgré moi je
caresse,
Envolez-vous pour toute une éternité.
Vous le voyez, il faut que je suc-
combe,
Mais dites bien à celui que j'aimais,
Qu'un jour ces pleurs arroseront ma
tombe,
Car mon amour ne tarira jamais.

LA MORT SUBITE.

CHANSON DE TABLE.

Vive l'amour ! vive le vin !
Vive la chansonnette !
Vive un brillant et long festin !
Et vive la fillette,
Vive la gaîté !
Vive la santé !
En joyeux Sybarite,
Je dis prudemment :
Pour finir gaîment,
Vive.... *la mort subite !*

La mort subite, mes amis,
Est un présent céleste ;
A nos trousses, l'enfer a mis
Et la fièvre et la peste.
Un docteur souvent,
Quoique très-savant,
Par ses soins les irrite ;
Mais pour les guérir,
Ou les prévenir,
Vive *la mort subite !*

L'amour, la gaîté, l'apétit,
S'éloignent d'un malade ;
Le pauvre diable, dans son lit,
Languit, triste et maussade,
Je lis, dans ses yeux,
Qu'il vaut cent fois mieux,
Pour être plutôt quitte,
Mourir bien portant,
Partir en chantant :
Vive *la mort subite !*

Lorsque Bacchus vient vous saisir,
De la riante ivresse,
Quand vous saisissez le plaisir

Auprès d'une maîtresse ;
Pour fuir les regrets
Que l'instant d'après
Vous apporte à sa suite,
En sautant le pas,
Ne diriez-vous pas :
Vive *la mort subite !*

Voyez ces généreux soldats,
Fiers amans de la gloire :
S'ils périssent dans les combats,
Ils vivront dans l'histoire !
Aux heureux guerriers,
Qui, sur des lauriers,
Traversent le Cocyte,
On dressè un autel !....
Pour rendre immortel,
Vive *la mort subite !*

Chaque matin, mille journaux
M'offrent leurs plats mensonges ;
Chaque soir, mille auteurs nouveaux,
M'offrent leurs tristes songes.
Ces bourreaux du goût
Me suivent partout :

En vain je les évite ;
Mais, avant la nuit,
Ils *meurent* sans bruit.
Vive *la mort subite !*

Oui, *la mort subite*, à mes yeux,
Est un bienfait notoire :
C'est la mort que j'aime le mieux ;
Mais j'aime encor mieux boire !
De boire avec vous,
Si le sort jaloux
Vient me priver trop vite,
Je le dis, d'abord,
Au diable la mort !...
Même *la mort subite !*

LE MASQUE DE FER.

ROMANCE.

AIR : *De mes vingt ans.*

Adieu soleil ! beau soleil de la France,
Dont j'aimais tant les rayons purs et doux !

De te revoir je n'ai plus l'espérance,
Une barrière est placée entre nous !
Tu vas dorer nos compagnes si belles,
Ta main répand des fleurs sur l'univers.
Volez au ciel, joyeuses hirondelles,
Mais je dois vivre et mourir dans les fers !

O liberté ! charme de la nature
Seul, je serai privé de tes bienfaits !
Le long des prés si le ruisseau murmure ;
C'est qu'il est libre et peut couler en paix.
Pour mieux courir, il semble avoir des ailes,
C'est un ami qui sourit à nos vers !
Volez au ciel, joyeuses hirondelles,
Mais je dois vivre et mourir dans les fers.

Petits oiseaux qui peuplez le bocage,
De l'oiseleur évitez les filets ;
On ne sait plus chanter dans une cage:

La cage, hélas ! ne se rouvre jamais !
Caressez-vous, charmantes tourterelles,
L'amour, voilà le plus doux des concerts !
Volez au ciel, joyeuses hirondelles,
Moi, je dois vivre et mourir dans les fers !

Ne suis-je pas le captif dont les chaînes,
Jamais, mon Dieu !... jamais ne se rompront !
Le cœur de l'homme a d'implacables haines.
Grâce !... un peu d'air... un peu d'air à mon front !
Epargnez-moi ces tortures cruelles !
Oh ! le damné souffre moins aux enfers !
Volez au ciel, joyeuses hirondelles,
Mais je dois vivre et mourir dans les fers !

Pauvre captif, au ciel fais ta prière,
A tes destins, allons, résigne-toi !

Gardez, mon roi, votre grande colère,
Dieu seul est bon : en Dieu seul ayons
foi !
Pas un ami... partout des sentinelles,
Et puis là-bas, premier geôlier, la
mer !
Volez au ciel, heureuses hirondelles,
Toi, souffre et meurs, pauvre masque
de fer !

L'ARABE ET SON CHEVAL.

Hommage à Jules Gérard.

Air : *des Trois Couleurs.*

Coulez mes pleurs ! ô mon coursier si
brave,
Ami fidèle, hélas ! te voilà mort !
Crinière au vent, libre de tout en-
trave,
Tu ne dois plus reprendre ton essor !
Pendant la nuit, nuit fatale et cruelle !
Dans la prairie un lion t'égorgea ;

Je t'ai perdu, mon compagnon fidèle,
Tu n'es plus !... mais Gérard te vengera !

Ah ! si du moins sur la plaine rougie
Je t'avais vu tomber au premier rang;
Un tel destin me ferait presque envie,
Tu serais mort comme un coursier vaillant ;
Nous chanterions une fin aussi belle !
Ton maître, hélas ! te pleurera !
Je t'ai perdu, mon compagnon fidèle,
Tu n'es plus !... mais Gérard te vengera.

Je crois te voir, rempli d'intelligence,
A mon appel relever ton beau front :
Comme l'éclair franchissant la distance
Tu traversais la plaine et le vallon ;
Et maintenant ma voix en vain t'appelle,
Du désert seul l'écho me répondra :
Je t'ai perdu, mon compagnon fidèle,
Tu n'es plus !... mais Gérard te vengera.

Rien n'égalait ta grâce et ta vitesse,
Tu devançais les plus légers rivaux :
On me disait : — Ton Moro vaut richesse,
Veux-tu pour lui mes blés et mes troupeaux ?
Je répondais, oh ! je me le rappelle;
J'aime Moro... Moro me restera.
Je t'ai perdu, mon compagnon fidèle,
Tu n'es plus !... mais Gérard te vengera.

Jeune Français, toi que rien n'épouvante,
Viens nous venger du lion ravisseur.
Le vieil Arabe à la voix suppliante
N'a point en vain imploré le chasseur.
Le coup part... et la blessure est mortelle,
Roi du désert, par terre te voilà :
—Je t'ai perdu, mon compagnon fidèle,
Gloire à Gérard ! car sa main te vengea.

LA FÊTE DE MON PARRAIN.

Air de *la danse à Nicolas.*

C'est dimanch' prochain fête et jour de
galas
Pour tout's les gens de la famille,
Comm' de vrais voriens nous f'rons sau-
ter les plats,
La bouteille et la jeune fille :
Nous pince'rons l' joyeux rigodon
Avec Jacqu'lin', Jeannette et Madelon,
J' vas rigoler, foi de Mathurin !
A la fête de mon parrain.

Comm' son filleul, je lui dois des hon-
neurs ;
Aussi pour ce jour-là je m'apprête,
J' vas lui choisir toutes les bell's fleurs,
Afin de lui souhaiter sa fête.
J' vas lui préparer un bouquet
De coqu'licots, d'œillets d'Inde et de
muguet,
J' le f'rai gros comme un' hott' de foin
Pour la fête de mon parrain.

J' mettrai c' jour-là mon plus bel habillement,
Mon habit vert à queu' d' morue,
Mes souliers noirs et mon pantalon blanc,
Tout l' monde m' r'gard'ra dans la rue,
J' mettrai le chapeau d' mon grand papa
Et de mon oncle la chemise à rabat,
Et mon gilet couleur jaune s'rin
Pour la fête de mon parrain.

Nous aurons là ce bancal de grand Giroux
Et sa cousin' qui n'a qu'un œil,
Jeann' la bossue avec ses cheveux roux,
Qui vient tout exprès de Bonneuil;
Pierr' le loucheux qui n'a qu'un bras,
Et, quoiqu' manchot ne s'endort pas sur les plats,
Et Gros Jean qui chante au lutrin
A la fête de mon parrain.

Tous ces gens-là, ça boit comm' des sonneurs,
Et les p'tits pots font la culbute,
Une fois gris, ça devient tapageurs,
Ça cri', ça s' bat et ça s' dispute;

Si ça finit comme l'an passé,
Il y en a plus d' quatr' qui roul'ront dans l' fossé,
Qui n' s'en iront pas, sans coups d' poing,
De la fête de mon parrain.

LE SIRE DE FRAMBOISY.

Avait pris femme le sir' de Framboisy
La prit trop jeune bientôt s'en repentit.
Partit en guerre pour tuer les ennemis,
Revint de guerre après sept ans et d'mi.
Tra la la la, ça commence par là.

De son domaine tout le monde était parti
Que va donc faire le sir' de Framboisy?
Chercha sa femme trois jours et quatre nuits
Trouve madame dans un bal de Paris.

Cordieux! madame, que faites-vous ici?

J' dans' le cancan avec tous mes amis.
Cordieux ! madame, avez vous un mari ?
Je suis, Monsieur, veuve de cinq ou six.

Cordieux ! madame, cett' vie là va fini' !
Qui êtes vous donc pour me parler ainsi ?
Je suis lui-mêm' le sir' de Framboisy.
La prend, l'emmène au château d' Framboisy.

Lui tranch' la tête d'une ball' de son fusil
Lui creuse un' tombe avec son paraplui
De cette histoire là moral' la voici :
A jeune femme il faut jeune mari.
Tra la la la, ça finit par là.

LA VILLAGEOISE RUSÉE.

Air de *la Fauvette de Paris.*

Je suis bonne fille,
Sans cesse je ris :

L'on me dit gentille
Dans tout le pays.
Combien d'amoureux
Viennent pour me conter fleurette,
Ils font les doux yeux,
Moi sans gêne je leur répète :

REFRAIN.

Pour le mariage,
Eh bien ! je dis oui !
Pour le badinage
Je réponds : nani !

Toute la semaine
J'ai le cœur content,
Je chante sans peine
Tout en travaillant
S'il vient près de moi
Un beau jeune homme qui soupire,
Promettant sa foi,
Moi je commence par lui dire :
Pour le, etc.

Ma simple toilette
Fait des envieux,

Sans être coquette
Mon sort est heureux.
L'on me dit souvent :
Vous avez la taille divine.
Je réponds vraiment,
Mon bon Monsieur, je vous devine.
Pour le, etc.

Plus d'un dit : mam'zelle,
J'admire vos yeux,
Que vous êtes belle,
Cédez à mes vœux.
Je leur dis gaîment :
M'aimez vous d'un amour sincère?
Eh bien ! franchement,
Moi voilà ce que je préfère.
Pour le, etc.

Un seul au village
Possède mon cœur,
Notre mariage
Voilà mon bonheur.
Viennent les galans
Me dire : l'aimable brunette !
A leur nez riant,

Je leur dirai ma chansonnette.
Pour le mariage,
Messieurs, j'ai dit oui !
Pour le badinage
Je vous dis : nani.

LE VERRE ET LA RAISON.

CHANSON.

AIR : *Aussitôt que la lumière.*

Des mots que le sort m'adresse
J'étais un peu tourmenté ;
L'un est fils de la Sagesse,
L'autre enfante la Gaîté.
La Sagesse, au ton sévère,
Ici n'est pas de saison ;
Pour chanter j'ai pris le verre,
Et j'ai perdu la raison.

Pierre a la tête bretonne,
Et veut n'avoir jamais tort ;
Avec lui si l'on raisonne,

Pierre crie encor plus fort.
Il gronde sa ménagère,
Fait le diable à la maison ;
Mais, en lui montrant un verre,
On le met à la raison.

Lucas est un honnête homme ;
Mais ce triste homme de bien,
La nuit, ne fait qu'un long somme,
Et tout le jour ne fait rien.
Sur lui Bacchus seul opère ;
Aussi, quand je vois Suzon
Qui lui présente le *verre*,
J'en dirais bien la raison.

Piqué, peut-être sans cause,
De la pointe d'un couplet,
A son rival on propose
Le sabre ou le pistolet.
Ah ! du mal que peut nous faire
Le refrain d'une chanson,
Amis, c'est à coups de *verre*
Qu'il faut demander raison.

Mille auteurs, dans mille ouvrages,
Ont, suivant leurs intérêts,

Discuté les avantages
De la guerre et de la paix.
Je sais fort bien que la guerre
Engraisse plus d'un oison.
Mais la paix remplit mon *verre* :
Morbleu ! la paix a raison !

Sans y penser, je me trouve
Forcé d'avouer mon tort,
Avec le verre, tout prouve
Que la raison est d'accord.
Amis, cet instant m'éclaire,
Versez moi, versez du bon !
Oui ! c'est quand il tient le verre
Qu'un rimeur parle raison.

JE N'AI PLUS D'ARGENT.

A vous donner de mes nouvelles
Si je suis en retard,
C'est que j'eus des peines cruelles,
Maman Léonard.
Faut d'abord que je vous cite
Qu'à mon régiment

Me fallut graisser la marmitte ,
Et je n'ai plus d'argent.

Ce n'est pas que je vous en demandé
Mais , mon caporal ;
Quand l'exercice le commande ,
Il n'est pas brutal.
Pour payer tous les services
Que chaque jour il me rend ,
Faut que je fasse des sacrifices ,
Et je n'ai plus d'argent.

Avec plus d'un camarade
Je suis on ne peut pas mieux ;
Mais ce n'est pas de la limonade
Qu'on boit avec eux.
Souvent avec eux je m'arrose
Le gosier de vin blanc ,
Mais il faudrait que je paie quelque chose ,
Et je n'ai plus d'argent.

De temps en temps je suis malade,
Jugez quel malheur !
Il me prend quand je suis de garde,

Des grands maux de cœur.
Je me guérirais sans doute ,
Ma bonne maman ,
Si j'avais de quoi boire la goutte ;
Mais je n'ai plus d'argent.

Ce n'est pas une carotte
Que je vas vous tirer.
Maman ma pauvre capotte
Je viens de la déchirer ,
Comme je n'ai rien à la masse ,
Je serai puni vraiment
Si dans peu je ne la remplace,
Mais je n'ai plus d'argent.

Si vous prenez à ma peine
Le moindre souci ,
Je pourrai passer capitaine
Dans un an d'ici ,
Ou bien général , peut-être ;
De vous ça dépend ,
Maman , si dans votre lettre
Vous mettez de l'argent.

LES ADIEUX.

ROMANCE.

Air : *Il faut quitter ce que j'adore.*

Adieu Roselle, adieu ma vie!
L'effroi déjà glace mon cœur;
Demain, tu vas m'être ravie,
Demain, je renonce au bonheur;
Seul, avec ma douleur mortelle,
Je vais gémir, la nuit, le jour;
Mais toi, garderas-tu, Roselle,
Le souvenir de notre amour? bis.

Mon âme, à ton âme enlacée,
S'enfuit des lieux où tu n'es pas;
Permets, du moins, que ma pensée
Pour jamais s'enchaîne à tes pas:
A tes côtés, mon cœur fidèle
Palpitera, la nuit, le jour,
Mais, toi, garderas-tu, Roselle,
Le souvenir de notre amour?

Je vais errer sur ces rivages,
Où l'Amour conduisait nos pas ;
Ma voix, à leurs rochers sauvages,
Redemandera tes appas ;
Rendez-la moi, quand revient-elle ?
Dirai-je aux échos d'alentour...
Mais toi, garderas-tu, Roselle,
Le souvenir de notre amour ?

Je reviendrai dans cette plaine,
Où mon amour fût écouté ;
Où, respirant ta douce haleine,
Je respirais la volupté.
C'est là que le regret m'appelle,
Pour souffrir jusqu'à ton retour.
Mais, toi, garderas-tu, Roselle,
Le souvenir de notre amour ?

Voici, dirais-je, la fontaine,
Où Roselle, cédant enfin,
Après une défense vaine,
A mes baisers livra sa main.
Là, je promis d'être fidèle,
Là, tu le promis à ton tour :
Mais, toi, garderas-tu, Roselle,
Le souvenir de notre amour ?

Auprès de ma belle maîtresse,
Viendront mille nouveaux amans;
Ils lui peindront, avec adresse,
Et leurs désirs et leurs tourmens.
O Dieux! quand le plaisir l'appelle,
L'attend dans son nouveau séjour,
O Dieux! savez-vous si Roselle
Se souviendra de notre amour?

Songe, Roselle, au trait de flamme
Que tu vas laisser dans mon cœur;
Songe que je t'ouvris mon âme,
Sans espérer d'autre bonheur;
Songe que ton amant fidèle,
En te perdant, perdrait le jour;
Songe... mais qui sait si Roselle
N'a pas oublié notre amour?

LES GRANDES VÉRITÉS.

La chandelle nous éclaire,
Le grand froid nous engourdit,
L'eau fraîche nous désaltère,
On dort bien dans un bon lit.
On fait vendange en septembre,

En juin viennent les chaleurs,
Et quand je suis dans ma chambre,
Je ne suis jamais ailleurs.

Rien n'est plus froid que la glace,
Pour saler il faut du sel;
Tout fuit, tout s'use et tout passe;
Dieu, lui seul est éternel.
Le Danube n'est pas l'Oise;
Le soir n'est pas le matin,
Et le chemin de Pontoise
N'est pas celui de Pantin.

Le plus sot n'est qu'une bête;
Le plus sage est le moins fou;
Les pieds sont bien loin d' la tête,
La tête est bien près du cou.
Quand on boit trop, on s'enivre;
La sauce fait le poisson;
Un pain d'une demi-livre
Pèse plus d'un quarteron.

Romulus a fondé Rome,
On se mouille quand il pleut;
Caton fut un honnête homme;
Ne s'enrichit pas qui veut.
Je n'aime pas la moutarde

Que l'on sert après dîner ;
Parlez-moi d'une camarde
Pour avoir un petit nez.

Quand un malade a la fièvre,
Il ne se porte pas bien ;
Qui veut courir plus d'un lièvre,
A coup sûr n'attrape rien.
Soufflez sur votre potage,
Bientôt il refroidira,
Enfermez votre fromage
Ou le chat le mangera.

Les chemises ont des manches;
Tout coquin n'est pas pendu ;
Tout le monde court aux branches
Lorsque l'arbre est abattu.
Qui croit tout est trop crédule;
En mesure il faut danser.
Une écrevisse recule
Toujours au lieu d'avancer.

Point de mets que l'on ne mange,
Mais il faut du pain avec ;
Et des perdrix sans oranges
Valent mieux qu'un hareng sec.
Une tonne de vinaigre

Ne prend pas un moucheron;
A vouloir blanchir un nègre,
Le barbier perd son savon.

On ne se fait pas la barbe
Avec un manche à balai;
Plantez-moi de la rhubarbe,
Vous n'aurez pas des navets.
C'était le cheval de Troie
Qui ne buvait pas de vin;
Et les ânes que l'on emploie
Ne vont pas tous au moulin.

J'ai vu des cailloux de pierre,
Des arbres dans les forêts;
Des poissons dans la rivière,
Des grenouilles aux marais.
J'ai vu le lièvre imbécile,
Craignant le vent qui soufflait,
Et la girouette mobile,
Tournant au vent qui tournait.

Le bon sens vaut tous les livres;
La sagesse est un trésor,
Trente francs font trente livres,
Du papier n'est pas de l'or.
Par maint babillard qui beugle,

Le sourd n'est point étourdi ;
Il n'est rien tel qu'un aveugle
Pour n'y voir goutte à midi.

Ne vous faites pas un crime
De ces couplets sans façon,
On y trouve de la rime
Au défaut de la raison.
Dans ce siècle de lumière.
De talents et de vertus,
Heureux qui ne parle guère
Et qui n'en pense pas plus.

L'INCONSTANCE JUSTIFIÉE.

Air *du vaudeville d'Arlequin tout seul.*

J'en conviens, j'ai l'humeur volage ;
On me voit, dans le meme jour,
A l'esprit, offrir mon hommage,
Pour la beauté, mourir d'amour ;
J'idolâtre une taille fine,
Un joli pied me fait la loi...
Oui, j'aime tout cela, Nérine,
Et pourtant, je n'aime que toi. bis.

Si j'entends une voix touchante,
Je me surprends à soupirer ;
Dansense légère m'enchante,
Et je suis prêt à l'adorer,
Bon cœur et figure mutine
M'enflamment aussi, malgré moi...
Oui, j'aime tout cela, Nérine,
Et pourtant, je n'aime que toi. bis.

Si l'on nous voit, de belle en belle,
Voler, sur l'aile du désir,
C'est qu'aucune beauté, près d'elle,
Ne sait varier le plaisir.
L'attrait du nouveau nous domine,
Et nous porte à manquer de foi ;
Mais cet attrait-là, ma Nérine,
Me ramène toujours à toi. bis.

FIN.

TABLE.

Fin de la Table.

www.ingramcontent.com/pod-product-compliance
Lightning Source LLC
LaVergne TN
LVHW020418230826
846091LV00004B/1322

* 9 7 8 2 0 1 4 4 3 1 9 4 0 *